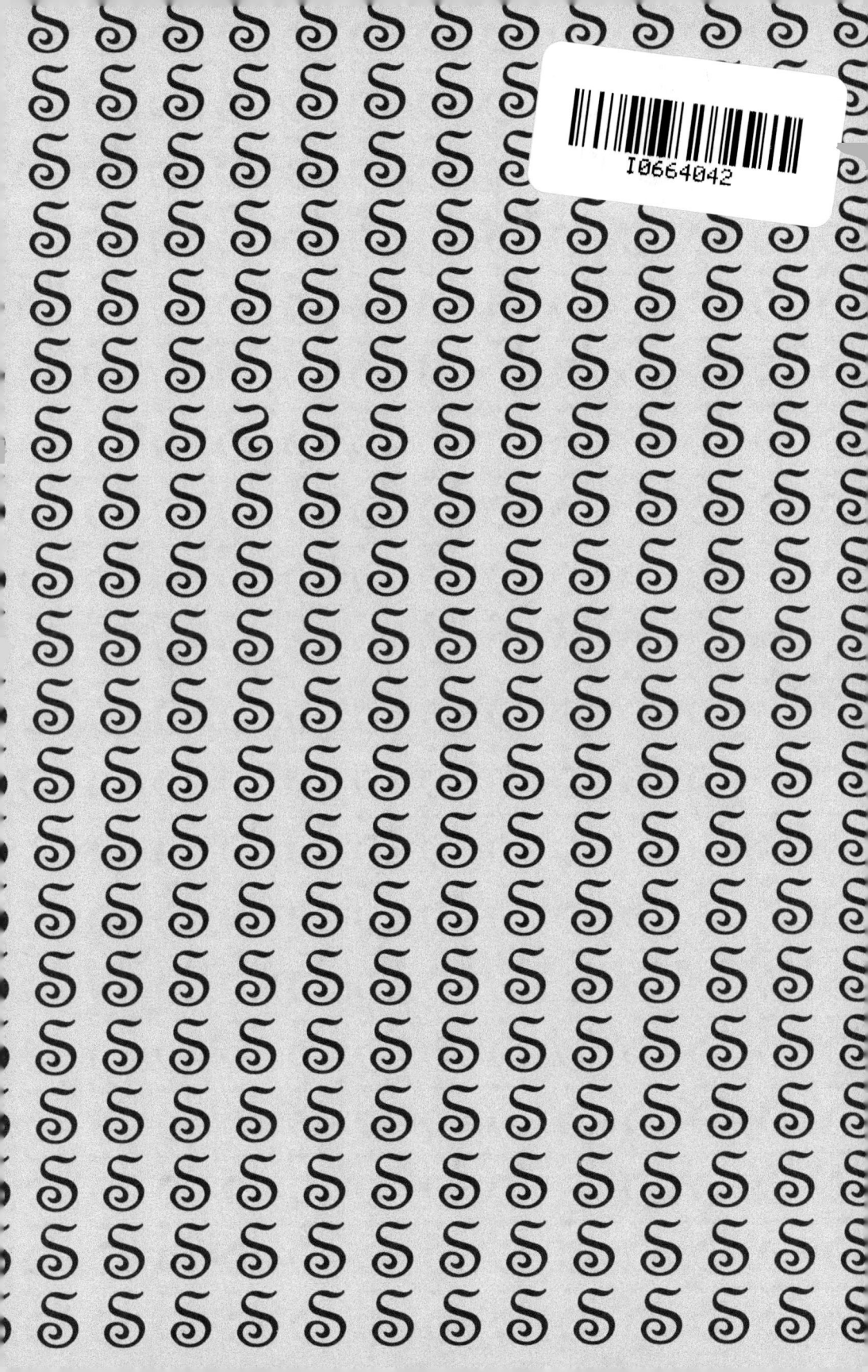
I0664042

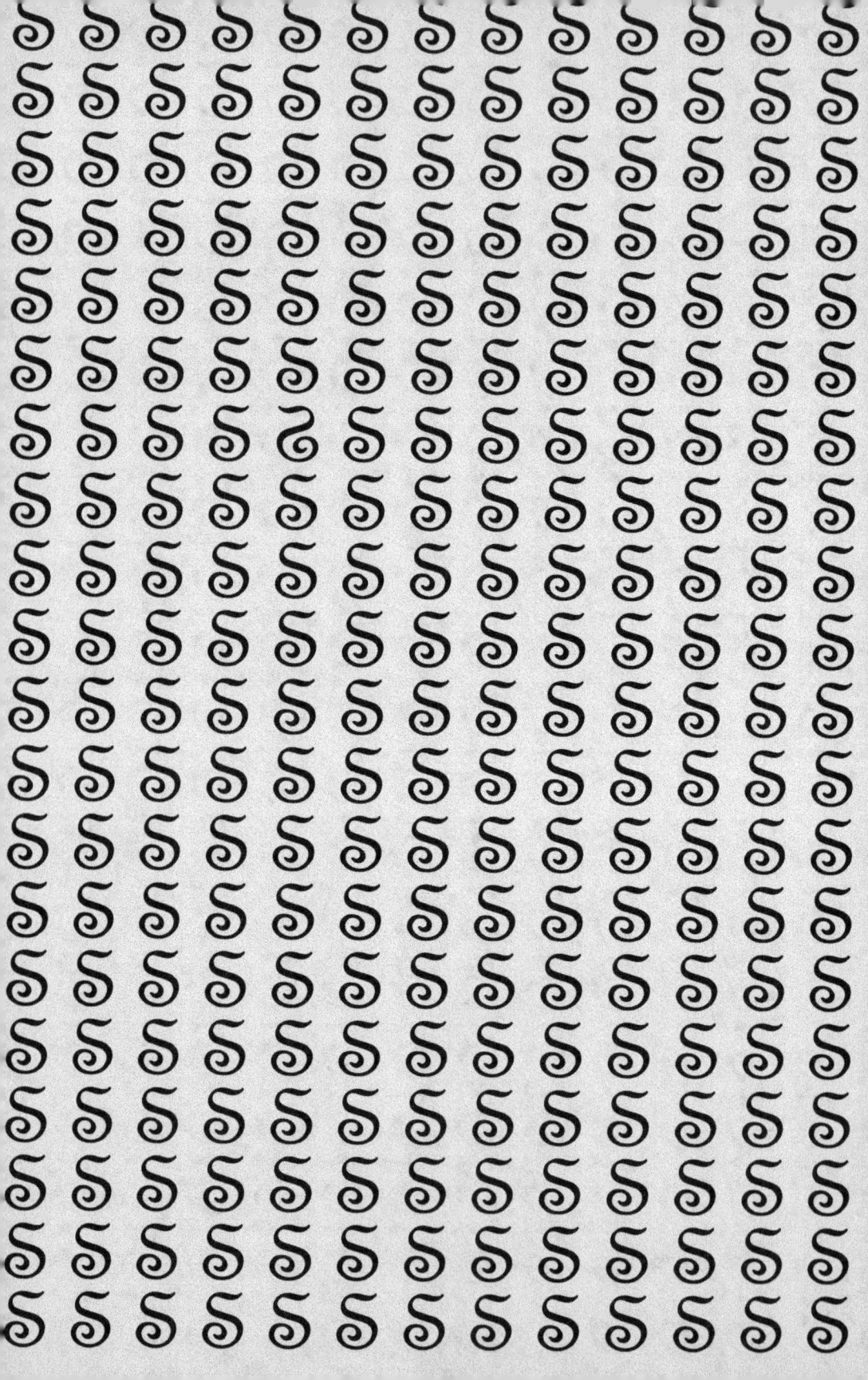

Hija
única

Hija única

Mariela Isabel Ríos Ruiz-Tagle

Cuenteras al Sur del Mundo

Editorial Segismundo

© Editorial Segismundo SpA, 2016-2023

Hija única
Mariela Isabel Ríos Ruiz-Tagle
Colección Cuenteras al Sur del Mundo, **2**

Primera edición: Febrero 2016
Versión: 2.8
Copyright © 2016-2023 Mariela Isabel Ríos Ruiz-Tagle

Contacto: Juan Carlos Barroux R. <jbarroux@segismundo.cl>
Edición de estilo: Juan Carlos Barroux Rojas
Diseño gráfico: Juan Carlos Barroux Rojas
Fotógrafo de portada: Juan Carlos Skewes Vodanovic
Diseñador de la portada: Juan Carlos Barroux Rojas
Fotografía de contraportada: Sanur Schneider

Este libro no podrá ser reproducido, ni total ni parcialmente, sin el previo permiso escrito del autor. Todos los derechos reservados.

All rights reserved. No part of this book covered by copyrights hereon may be reproduced or copied in any form or by any means – graphic, electronic, or mechanical, including photocopying, recording, or information storage and retrieval systems – without written permission of the author.

Registro Propiedad Intelectual N° 261.025
ISBN-13: 978-956-9544-27-9

Otras ediciones de
Hija única:

Impreso en Chile
ISBN-13: 978-956-6029-74-8

Impreso bajo demanda - Tapa Dura
ISBN-13: 978-956-6029-73-1

Impreso bajo demanda - Tapa Blanda
ISBN-13: 978-956-9544-27-9

eBooks y Lectores Digitales
ISBN-13: 978-956-9544-30-9

En la colección *Cuenteras al Sur del Mundo*:

A Corta Distancia
– Mónica Montero F.

Hija única
– Mariela Isabel Ríos Ruiz-Tagle

Esquizomnio
– María Paz Valdivia

Dedico este libro a mi amado hijo Arturo,
por su constante apoyo, paciencia y cariño.

Sólo soy una palabra esencial, pequeña y libre, como la evanescente vida.

Prólogo

Maestra en el delicado arte de enhebrar palabras y desenrollar historias es doña Mariela Isabel Ríos Ruiz-Tagle, poeta, novelista y, sobre todo, cuentista. Precisa microcuentista para ser específicos.

Ella domina el uso del espejo, aquel instrumento para mirar, mostrándonos "las dos caras de una misma moneda" de los temas tocados; familia y soledad, amor y desamor, encuentros y abandonos, verdades y mentiras, libertad y opresión, etc.

> — Te quiero mi amor.
> — Yo también te amo.
> Levanta su cabeza y observa fijamente su rostro en el espejo.

Este libro es un caleidoscopio de espejos; imaginarios, mágicos, distópicos, fantásticos o crudamente reales, distintas ambientaciones en las cuales apreciamos algunas de la infinidad de facetas del alma humana.

Además, como bien decía Baltasar Gracián, "Lo bueno, si breve, dos veces bueno", entonces el microcuento es doblemente valorado, por su relato y por su brevedad.

> *Brevity is the soul of wit.*
> *William Shakespeare, Hamlet, Act II, sc. ii.*

Y precisamente es en el arte de pulir sus cuentos para reducirlos a la esencia misma, a la semilla, núcleo de la insondable sabiduría en el cual Mariela Isabel nos demuestra su electrónica relojería develándonos estos haikús en prosa de nuestros tiempos modernos.

> *There is a distinct limit... to all works of literary art -*
> *the limit of a single sitting.*
> *Edgar Allan Poe, The Philosophy of Composition*

Modernos tiempos en los cuales no disponemos siquiera de una sentada para leer o escribir, pues nos observamos leyendo un cuento en el *Smartphone*, parados, en los tres minutos entre estación de Metro, buscando una verdad, siquiera una, en la incesante y vana agitación de nuestra vida y permitirnos la posibilidad de imaginarnos "que las inquietas mariposas de su jardín vivieran libres y en paz".

> La oración breve, sube al cielo.
> Proverbio español

Juan Carlos Barroux R.
Santiago de Chile, febrero de 2016

Hija única

Mi madre, mi padre, mis hermanos, mis hermanas, mis abuelos, mis tíos, mis tías, mis primos, mis primas, mis sobrinos, mis sobrinas, -y yo-, en una casa, un patio, una calle, cualquier lugar de la ciudad de Santiago. Esa es la foto que me habría gustado tener, esa es la foto que nunca fue tomada.

La muda

L e gustaba escuchar y gesticulaba siempre.

Sus manos volaban para hacerse entender en el silencio. Se vestía de colores luminosos y fuertes para hacerse notar, en la multitud bulliciosa.

Siempre en silencio.

Agua invisible

L as casas, los vestidos, los caminos, los libros, los fuegos, las pinturas, los templos, los vientos, las cacerolas, las modas, los árboles, las estrellas, los televisores, los caminos, las bolsas de té, las maderas, las montañas, los metales, las culturas, las tierras, los relojes, los mares, los cuerpos, los seres, los espíritus, se evaporan, se funden, se disuelven sobre agua invisible.

Fidelidad

Realizaba mi recorrido cotidiano por la Plaza de Armas, cuando noté que mi amigo indigente no despertaba. Ágilmente corrí hacia un hombre sentado en un banco, también llamé la atención de los transeúntes que bajaban por las escaleras hacia el metro, pero nadie me hizo el menor caso.

Me recosté junto al cuerpo frío de mi amigo y con impotencia le ladré a la luna.[1]

---

[1] (Publicado en texto "Lenguaje y Comunicación", 8 Básico, Editorial Santillana. 2009.)

Adiós en la Catedral

Una a una las campanadas se deslizaron como cascadas por sus mejillas heridas. La última resonó, inclemente, en la oscuridad. La luz de la tarde iluminó la espalda del hombre que amó, mientras se fundía, para siempre, en el paisaje de la Plaza de Armas.

Decisiones

L e gustaría tanto decir: te amo, no puedo vivir sin ti, te extraño, me gusta todo de ti, eres tan hermosa, te enviaré flores todos los días de mi vida, mi amor.

Sin embargo, oprime la opción "Eliminar de mis amigos", sale de Facebook, apaga el computador y sin palabras ni consuelo, se recuesta en la cama junto a su mujer.

Un café para recordar

Sueño con volver al Café Torres. Caminar por la Alameda con mi padre. Sentarnos a observar las fotos antiguas desde una mesa con mantel blanco y el florero adornado con radiantes gladiolos. Observar los rostros jóvenes en los espejos.

Sobre los diarios desparramados en el suelo, una bolsita de café me recuerda que estoy cesante.

Hoy iré a visitar a mi viejo, y como siempre, dejaré sobre su tumba esos maltrechos gladiolos que corté por el camino.

El refrán

Tu madre siempre decía que más vale un pájaro en mano que cien volando y por eso terminaste tus estudios. Así mismo, te repetía que a quien madruga Dios le ayuda y siempre llegaste a tiempo a tus compromisos. Ayer, ella me contó que te vio con otra, por eso, si el río suena es porque piedras lleva. Lo siento, mi amor, no me casaré contigo.

Sueños

Despierta sobresaltado a medianoche. Soñó con el último regalo que le hizo a la mujer que ama.

Coloca la cabeza sobre la almohada y vuelve a dormirse.

Entre sueños, aparece la mujer de ojos negros que le muestra un anillo de oro tallado con dos mariposas.

Al despertar, su esposa lo observa en silencio con su mirada azul.

Él, tembloroso, le dice:

—Soñé contigo, amor.

Espasmo

Uno tras otro se comunican, se entienden, se hablan, se unen, se separan, se abren, se distienden, se tocan, se besan, se transmutan, se nublan, se pierden, se inundan, se vierten, se llueven, se mojan, se engrandecen, se empequeñecen, se vuelven locos todos los nervios de mi cuerpo al verte.

El regreso

En 1962, jugando con dos amigos en el Estadio Nacional, resbalamos en una antigua pileta. Corrimos empapados hasta mi departamento para escuchar por radio la final del Mundial de Fútbol.

Fue un día inolvidable.

Años después supe que ellos se encontraban prisioneros en el Estadio. Nunca volvimos a vernos.

Una noche creí escuchar sus voces. Al despertar en la mañana, la televisión estaba encendida con la propaganda del NO.

Me levanté, y caminé solitaria hacia el Estadio.

Al sumergir el voto en la urna, sentí mis mejillas mojadas.

En la cuerda floja

— La función debe comenzar —resopla la mujer regordeta, mientras se pone apresuradamente una malla negra con lentejuelas doradas.

Su voz cansada quiebra el silencio del pequeño camarín. La fuerte brisa del exterior mueve la tela presagiando lluvia. El ruido se confunde con los quejidos tenues que ella emite ante la dificultad de cerrar la cremallera. El traje es una pieza minúscula para su rollizo cuerpo.

—¡Por fin! —exclama, secándose el sudor de las axilas con un algodón al que untó crema desodorante.

En ese instante, y como siempre exasperada, sintió aquel leve apretón en su pierna derecha.

El zumbido de las moscas en torno de su tocador, plagado de cremas y frascos de colonia, se interrumpe por la risa particular y cotidiana del enano enfundado en un raído frac.

—¡Helmut!, ya me tienes harta, la función pronto va a comenzar, apresúrate.

La mujer, como si repitiera un acto mil veces ejecutado, baja un tirante de sus hombros y saca con esfuerzo uno de sus pechos. Se sienta en un pequeño taburete.

A pesar de su tamaño, el pecho no ha perdido la forma, el enano busca trémulo el pezón, con sus pequeñas manos lo coge y succiona con placer.

El sonido del viento entra por las rendijas de la carpa.

—Valeria —susurra el hombre, mientras la mujer espera la finalización del rito.

Afuera comienzan a escucharse los primeros compases de la música del circo.

Arreglándose rápidamente el traje, Valeria se apresta a darse los últimos retoques antes de su aparición. Frente al espejo observa al maestro de ceremonias, sentado en la butaca como un mudo cancerbero espectral.

«Valeria» piensa. «¡Hace cuanto tiempo que te conozco!, eras delgada, bella, un tanto arisca».

—Apresúrate —le dice—. Debes iniciar el espectáculo.

Lentamente, la pequeña sombra se levanta y traspasa la cortina que lo separa del exterior.

La mujer rocía talco en el escote y entre sus piernas, luego toma su cabellera negra y la sostiene con un peine antiguo.

Valeria se coloca sus zapatillas gastadas.

Mientras camina hacia el escenario Helmut se arregla la corbata de su frac y murmura entre dientes, debes acudir a escena, mi amor, como cuando eras joven y querías ser actriz, pero estás aquí conmigo.

Los ojillos de Helmut entre bambalinas observan las graderías. Tan sólo cinco personas.

«Porquería de gente», reflexiona, ya no acuden al circo.

Acomoda sus solapas anunciando el primer número de la noche, Valeria la gran trapecista.

La observa subir hacia el último peldaño, desafiante como una pantera.

Ella no logra sostenerse sobre las altas cuerdas.

La mujer está tirada sobre el piso y es auxiliada por el domador de leones. Los demás integrantes del circo gritan y corren.

El enano cierra los ojos y se afirma sobre un pequeño taburete. Una gota de lluvia descansa sobre su rostro.

Espejos nocturnos

El espejo sobre la pared refleja las siluetas de un hombre y una mujer.

De pronto el hombre la observa despectivamente. No le agrada que ella le diga que lo ama: «¡Qué se habrá creído!», piensa, molesto.

No existe motivo alguno para sospechar aquello.

Cancela abruptamente la cuenta y se marcha. No se despide.

Ella continúa sentada, en la misma mesa, la misma silla, el mismo bar de siempre.

Como todas las noches mira su reloj y aguarda expectante la próxima cita.

Fin de tiempo

Me miraste, te miré.

No existía nada en el universo.

Tampoco mi amor por ti, tampoco tu amor por mí.

La última página

F inalizaba la lectura de "El origen de las especies", escrita por Darwin. Levantó la vista y en el cielo una imprevista lluvia de estrellas lo deslumbró.

—La danza eterna del universo —musitó.

La inminente cercanía de las luces desprendidas del firmamento, iluminaron por última vez a un hombre leyendo en el cerro San Cristóbal.

2033

El Gurú habla a un pequeño grupo de personas, sentadas en el suelo, de la Plaza de Armas.

"Existe una nueva conciencia cósmica, estamos en unión con el universo y en paz. Dioses de la eterna memoria, hoy les ofrendaremos el fuego sagrado".

La gente repite el coro, una y otra vez.

Un hombre delgado mira al cielo, poco a poco surge una luna llena que ilumina su rostro pálido y despavorido.

—No quiero ser el elegido —grita.

A nadie le importa su voz temblorosa, que vuela en soledad infinita, entre los escombros de una antigua Catedral.

Encuentros lejanos

D eja estacionado su caballo en la calle, junto a los autos. Entra a un *ciber* y se sienta frente a un computador.

El tiempo no pasa.

Ingresa una joven mujer, vestida y maquillada estilo gótico. Encuentra una montura sobre la silla vacía. Mira la pantalla del computador. El chat está abierto y lee:

Nos encontramos en Til Til.

Un abrazo, Manuel.

Concepción

El cordón de la tierra me ató a su ombligo.

Superluna

Demuestra tu belleza serenamente, no levantes olas, no remezas mi tierra, te amamos, aunque estemos mudos y perplejos ante tanto brillante esplendor, contigo la belleza es circular, el dolor se aminora, las manos se unen y los labios sonríen en la noche, gracias astro cercano, desde acá las almas te tocan y los cuerpos te sienten, en la lejanía solitaria, de una misma tierra.

Ayer soñé

Soñé que soñaba mientras caminaba con tu sombra.

1973

Elmo y Ramona están enamorados. Casi todos los días dibujan y pintan sobre las blancas paredes santiaguinas.

Al atardecer, se acerca un camión militar. Corren abrazados hasta la esquina más cercana. Agazapados ruegan:

—Que nos lleven juntos.

Ramona susurra a su amado que mire hacia atrás. El mural recién terminado parece saludarlos desde el frío[2].

---

[2] (Un pequeño homenaje a los artistas brigadistas de la década del 70, publicado en "73 (Microcuentos a 40 años del Golpe)", Editorial Artegrama.)

Mariela Isabel Ríos Ruiz-Tagle

La prohibición

C uando Dinka regresó a su hogar, presintió que algo extraño sucedía. Demasiado silencio. A lo lejos, el eterno rumor de la ciudad confirmó su percepción: Mior nunca dormía.

Encendió el aparato incrustado en la pared, que agregaba un toque más de tecnología a su habitación, vestida con artefactos de variado uso, sumiéndose en meditaciones acerca de su ciudad.

Las paredes de cada cuadra del gran centro urbano presentaban un pergamino metálico, donde se leía el Código de Normas. «Precisamente a esa hora», pensó Dinka, «se transmitiría el Mensaje Diario». Los ciudadanos deberían estar atentos a la programación. Para estos efectos, el Directorio de la ciudad poseía un Sistema de Vigilancia del Mensaje, el cual consistía en transeúntes pendientes de la recepción. El inciso número tres del Código de Normas estipulaba un alto volumen de sonido para facilitar esta misión. Ante la infracción de esta norma general, el Vigilante detenía al inculpado y lo presentaba ante los miembros del Directorio; estos aplicarían una sanción siempre desconocida y variable según factores de índole también ignota. La sentencia más temida por los habitantes de Mior era la pena de destierro a Knot, lugar muy tenebroso al decir de las leyendas tejidas a su alrededor.

Dinka, sumido en sus reflexiones, no se percató del significado de aquel silencio; su asombro aumentó al constatar que su receptor no funcionaba. Aún apagado emitía un sonido apenas perceptible, que la costumbre hizo cotidiano a sus oídos. Su profundo enojo habíase calmado cuando el Vigilante a empellones lo subió al vehículo que rápidamente le desplazó por los aires.

Al comienzo, sólo una leve inquietud le invadió, luego se transformó en angustia y miedo. De súbito adquirió conciencia de su incierta situación e intentó tranquilizarse.

Mior, acero y color, no dejaba de fascinar a sus ojos asustados. El paisaje -ya muerto el crepúsculo- ofrecía un espectáculo distinto, las luces de diversos colores, a la velocidad del vehículo, dejaban estelas viscosas mezcladas en la húmeda y melancólica atmósfera. Recordó los últimos árboles, observados en la Gran Biblioteca, junto a su padre. Su progenitor gozaba contemplando la reproducción de un anciano roble. Posteriormente, frente a sus cenizas, se preguntaría si algo le hubiese deleitado más que aquel moderno testimonio del pasado.

Momentos después sintió que descendía del vehículo y penetraba por un túnel muy iluminado. El

Vigilante había desaparecido. La soledad de millones de años le acompañó. «La pena aguardada», pensó, «sería mejor que escuchar el Mensaje Diario, su sonido uniforme, soportado durante veintitrés opacos años».

Repentinamente, provino aquel gemido de lo más profundo de la ciudad. Mior comenzó un lamento cada vez más agudo y quejumbroso. La pesadilla emerge: sobre si vio los rostros burlones de los habitantes, vehículos aéreos precipitándose con violencia sobre él. Sus compañeros de trabajo, riendo crueles, como payasos de finas torturas, volando en un mundo mágico y atemporal. El zumbido, siempre el zumbido eterno de Mior, injuriándolo con lenguaje desconocido, vestido de acero y color. Color y acero. Siempre.

Dinka se retorció, intentó levantarse, no pudo y una anhelada oscuridad lo cubrió todo.

Desde la ventana, un sol alegre saluda la habitación. El hombre se levanta de la confortable cama, en la cual se encontraba recostado y observa con curiosidad infinita la mesa de madera, desde donde le incitan olorosas tostadas y mermelada de frutilla. Mira a través del vidrio y ve un autobús deteniéndose en su cotidiana parada. Personas ruidosas. Sonríe, se dirige hacia la puerta, volviendo de pronto coge una tostada, la unta con mermelada, la come con placer y sale.

El Directorio había decidido la sentencia[3].

---

[3] (Este relato obtuvo la Mención Cuento Corto en el Concurso Latinoamericano "Premio Borges", Fundación Givré, Buenos Aires, año 1979.)

Ánima

L e conté todos mis secretos, los introdujo en su caja de Pandora y los vertió sobre mí en formas milenarias de todos los males. En el fondo alcancé a divisar la esperanza. Me así a ella cómo un náufrago angustiado, entonces mi alma retornó a su centro y descansó.

Simón en agosto

T e advertí que tuvieras cuidado con los extraños, que miraras si venía algún vehículo al cruzar las calles de Ñuñoa. Tantas palabras al viento.

¿Por qué atravesaste esa línea invisible?

En la oscuridad se conjugan el amor con la muerte, querido y recordado Simón. La vida nos da sorpresas, tristes sorpresas nos da la vida, sobre todo en el mes de los gatos.

Anonimato

L a niña sin sombra, caminó por un espacio sin tiempo, navegó entre bosques sin hojas, y se encerró en su casa sin muros.

Mariela Isabel Ríos Ruiz-Tagle

Carta sin título

Q uiero decirte cuanto te extraño.

Supe que no has cambiado, aunque no te visito hace tiempo. Sé que me esperas. Porque te amo desde niña y siempre te lo dije en mis poemas, en cada sentimiento que mis palabras intentan expresar.

En esta etapa de mi vida, cuando los recuerdos surgen de improviso en mi mente, desde un lugar misterioso afloran sin pedir permiso, por mi boca, mis oídos y entonces, mágicamente te escribo, así de manera breve, como a mí me gusta.

Sabes seducirme con tu encanto. Siempre luces distinto, a veces te veo alegre, a veces triste. Soy como todos, quizás expresarás con esa voz arcaica que viene del fondo de la tierra, a veces silente, de pronto rápida como el viento.

Ese soplo de tantas vidas que llevas adentro.

Siempre tu alma me ha sorprendido. Es sinuosa como un acordeón que despliega sus notas, elevando sus alas en cada atardecer, para amanecer sorpresivamente de nuevo. Y cuando amaneces te ves tan bello, no te imaginas cuánto. Yo amo tus brazos. Ellos abarcan las cuatro estaciones, cubren mi cuerpo, lavan mis pies y los besan con tanto amor que desfallezco.

Tus ojos parecen montañas y debo ascender por tenues y pequeños senderos que se bifurcan hasta arribar a tu esencia y sumergirme en sus profundas mareas. Tus piernas son una leve eternidad que me suspende en el vacío, cual volantín extraviado.

En ocasiones no entienden nuestro amor, entonces frente al mar, nos encontramos en silencio comenzando nuestro ritual, relegando a las sombras la incredulidad perversa del universo.

Yo elevo mis manos hacia el cielo y configuro tu sombra, luego suspiro y aparece tu cuerpo, el viento marino me arranca el alma y la une a la tuya.

Ya falta poco para verte, estoy aquí tendida, apenas respiro, pero falta poco.

A lo lejos, en una esquina de la memoria, diviso el último ascensor.

Hoy la luna nos observa, desde el vértice azul de la mirada. Mis ojos se cierran, pronto me hundiré en el sueño, en ese sueño que me eleva por tus cerros, que se transforma en escaleras infinitas y me lleva hacia ti, mi amado, mi amor, Valparaíso.

Transantiago

S ubo al bus.

Deslizo la tarjeta en el validador, camino y tropiezo cayendo escandalosamente al piso.

Algunos pasajeros intentan contener la risa, sin lograrlo.

Me incorporo, las letras rojas del letrero digital, burlonas me advierten: "cuidado con el peldaño, cuidado con el peldaño, cuidado con el peldaño", girando una y otra vez.

La montaña

Siempre asciendes, la meta son sus ojos, profundos como el suelo bajo tus pies, inmenso como la bóveda que sostiene el universo y su cuerpo tan amado.

El ser y la bruma

E l pálido amanecer del desierto lo despertó con sus invisibles y descoloridos rayos.

Un antiguo sueño algo le había advertido la noche anterior. Se sintió invadido por arcaicos presentimientos. Elevó la mirada contemplando las oscuras nubes. Pronto aterrizarían sobre la tierra diseminadas en una efímera eternidad. Recordó que debía desechar todo pensamiento. Lejana la distancia lo invitaba a esperar.

El automóvil se acercaba cauteloso, lento, cansado, acuchillando las piedras polvorientas del camino. Su ronco sonido ahuyentaba las escasas huellas del terreno aplastado por su anciana carrocería. Una fila de insectos intentaba escapar, perdiéndose en la explanada del mudo horizonte. Se apoyó en un alicaído poste con un pequeño letrero de madera, sobre el cual se leía en letras negras y pequeñas "La Bruma".

La brusca frenada lo sobresaltó. A través del vidrio empañado pudo divisar el pálido rostro pidiéndole que subiera al auto. Siempre efectuaban el recorrido en silencio.

Ambos parecían no percibir el frío intenso del amanecer.

A través del vidrio nublado deseó aprisionar cada entorno, incluso el cielo azul oscuro, en su bolsillo y encerrarlo ahí para siempre.

Pronto cruzarían el puente.

«¿Para qué construirían un puente en pleno desierto?», pensó. Advirtió un leve tambaleo y recordó el sueño abruptamente.

Mientras el puente se desplomaba, los ojos espantados del chofer se clavaron en los suyos.

Era inevitable, la bruma se había desplegado entre sus alas, cubriendo al tiempo con su manto invencible.

Silencio azul

L a muda cantó en silencio frente a la multitud, en sus ojos brillaban pájaros de ausencia, que se clavaron en aquella sombra que reposaba, lejana, en los mundos del azul distante.

Inbox

No era necesario quererte, ni necesitarte, ni olvidarte siquiera, tus manos como garras, habían dejado mis sentimientos botados en un basurero, como una boleta vieja del supermercado.

Todo aconteció en esa reunión de negocios, cuando me enviaste un *inbox* envenenado de desidia, indicando tu renuncia.

¿Costaba tanto decírmelo frente a frente?

Por eso no entendí tu actitud, y menos porqué te molestaste tanto cuando te lancé el celular delante de todos... si apenas rozó tus cejas levantadas.

Al menos, en ese momento innecesario y triste, aún era tu jefa.

El silencio de los Domingos

Después de almuerzo, en las viejas casonas de las grandes familias, cuando las parejas se repliegan en las cansadas habitaciones para dar paso a su amor y los niños juegan en los patios, en los corredores, en las tenues escaleras, bajo los parrones cuidados por una mujer sola que teje, siempre teje, la telaraña del destino, los destinos bajo las uvas que ya caerán, siempre en silencio hasta que llegue el atardecer y se reúnan nuevamente para tomar el té.

Entonces el silencio habrá muerto.

El silencio

R ebota el silencio del mundo sobre aquella puerta cerrada.

Amor de unicornio

L o acarició suavemente, pero se enfriaba lentamente, los ríos acuosos azules de su sangre se detuvieron, congelando la atmósfera. Sus ojos mudos se alejaron como en un film caleidoscópico.

El tiempo murió.

Asustada se percató que parecía mareado, cuando al fin vio sus labios abrirse, tímidamente, entonces escuchó lo que temía oír:

—Hace mil años que no sé amar.

Ángel ciego

R egresar con la boca sellada a fuego. Volver, rendida al hogar. Como un imbunche meteórico que anhela su galaxia.

Olvidar tus abismos que nunca visité y los brazos de la piel que se hundía detrás de tus paredes.

Regresar, volver, olvidar, desde tu mirada de acantilado.

Como un ángel iluso que pretende lograr en la tierra la eternidad del cielo.

Y nunca más rendir mis alas áureas en tus ojos congelados.

Vuelo

Una mariposa azul regresa del cielo y besa tu piel.

Anhelo

Anclar la esperanza, al fuego, a la libertad, al aire, a sueños, a ideales, al viento, a tu mano, a tu ser, a tu palabra despeñada en los continentes del universo.

Mariela Isabel Ríos Ruiz-Tagle

Mujer lunar

Una mujer colgada de una luna, es una esperanza azul que no desea caer al vacío, y se sujeta en cada estrella, para creer en el universo y la energía que la rodea.

Reflejo

L evanto una hoja y veo tu imagen, detrás del reloj, veo tu imagen, miro hacia el cielo y veo tu imagen, cierro los ojos y veo tu imagen. Decidí ocultarme en la nada para no verte, y entonces, me vi.

Cara o sello

L os ojos cerrados ven, los ojos abiertos duermen.

Desvelos

Teñidos tus ojos de dolor y espanto, será por eso que te quiero tanto, en la multitud se pierde como un infante descarriado tu cariño, y yo me duermo en los brazos de la niebla, sin destino.

La obra inconclusa

Excalibur celebra y Morgana ya tranquila mira hacia el cielo, no está estrellado, pero su luna interior lo hace brillar. A lo lejos una espada enterrada en sus recuerdos añora el llamado de un reino perdido en la lejanía.

El canto de un ave la despierta del letargo, es la estrofa de un viento recobrado en su madurez, una pequeña brisa, tímida y cercana que acrecienta su valentía.

Mientras piensa, un eco resuena. Es Merlín que acude a su cena nocturna con los arcanos. Morgana debe salir de la escena.

Al fin y al cabo, esta obra de teatro tuvo poca audiencia.

Ya afuera del teatro, se sienta en la vereda y escucha el ladrido cotidiano de los perros a lo lejos.

La ceguera

La pregunta estaba escrita en tus ojos, pero como nunca te miraste al espejo, no pudiste saber que yo era la respuesta.

Encargo

Mandé a Soledad a buscar Esperanzas al quiosco de la esquina, entre Ilusión y Desengaño, ya que, -al parecer-, las estaban regalando.

Cuando volvió me dijo que estaban agotadas.

Opciones

Tropezar una y otra vez con la misma piedra, significa que soy ciega y además que la piedra es boba porque deja que la golpeen una y otra vez, o ambas cosas, o ninguna de ellas, porque en realidad yo rasguño las piedras bajo mis pies.

Tsunami

Y de pronto esa marejada me envolvió, como tu ausencia, y mientras la ola se alejaba arrastrando mis sueños y mi vida, mi amor por ti se aferró a las rocas, como un náufrago sin esperanzas de volver a tierra firme, aquella que tenía prisioneros tus brazos, tu piel, tu mirada y tu voz ya perdida entre milenios.

Entonces nadé.

Inmortal

Despierto, ya es de noche.

Durante el día duermo porque tú no estás.

Dejé la reja abierta.

La luna me acompaña como lo hicieron los faroles de antaño. Presiento el susurro de pájaros ancianos, el desplazarse de extraños seres microscópicos que apenas diviso en el reino de la oscuridad.

Apareces de pronto, bajando de tu tejado nebuloso, envuelto en tu pasado milenario.

Lentamente y gozosa, abro el sarcófago para unirme a tu silencio, y al fin, sonrío.

Music Down

Mañana, en el patio trasero, cayó un cometa *underground* que llegó atrasado.

Sus luces psicodélicas bailaron tango-*rock* con los gigantes de la luna que construían boleros sobre una esfera electrónica.

Ayer, besé sus labios vacíos y abrazando sus *links* de arena levanté mis pies hacia un agujero negro y su torso giró hacia el mar recargado.

En un segundo de ira, devolví mis banderas y el corazón blanco de la pasión enmudeció, en eternos decibeles.

Y la luna cantó.

Edith

L ot caminó por el Parque Bustamante, cuando vio que su mujer miraba hacia atrás.

Con temor, se percató que el paisaje había desaparecido totalmente.

Solamente una estatua, recién construida, lo observó, pétrea e impertérrita.

La próxima vida

En mi próxima vida, me agradaría rodearme de bellísimas personas, plenas de amor y armonía. Pero, como hoy un taxista me acaba de insultar, y hacer bajar de su auto, ya que no tenía vuelto de 10 lucas, creo que me conformaré, en mi vida siguiente, con un mundo sin billetes, ni taxistas.

Cerro San Cristóbal I

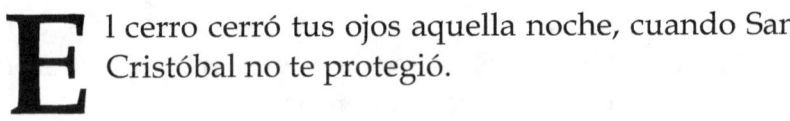

E l cerro cerró tus ojos aquella noche, cuando San Cristóbal no te protegió.

Cerro San Cristóbal II

El cerro te encerró en sus alas, mientras San Cristóbal, desolado, contemplaba tu cuerpo tendido, ya fuera del tiempo.

Cerro San Cristóbal III

El cerro San Cristóbal me mira desde su altura impertérrita. Deseo, imperiosamente, escalarlo desde sus tímidas laderas, hasta su vértice más escarpado.

Aunque sé manejar perfectamente mi silla ortopédica, me conformo con la sonrisa que esbozan mis labios, al soñar.

Despedida

Tus ojos se escaparon entre tumbas arcaicas. Tu cuerpo se deshizo en el cosmos terreno. Explotaron tus manos milenarias en carcajadas, frente a mi corazón desvalido.

Nunca te encontré.

Enroque I

 l le regaló su reloj y ella le regaló su tiempo.

Enroque II

Ella le regaló un celular y él le regaló su mirada.

Jaque al pastor

L a oveja en el campo desafió al lobo y le sonrió. El lobo, que desconocía el significado de la sonrisa, la acusó al pastor. El pastor los reunió a ambos y se alejó sin mirar atrás.

Jaque mate

La abrazó con tal fuerza que sus brazos se debilitaron. Cuando la soltó cayó al suelo sin estrépito, levemente, volando como las hojas desprendidas. Era su Biblia, la única que le daría aquella respuesta que esperaba, la única que tenía, la única que quedaba en el mundo, luego del holocausto final.

Jugada de fin de año

Se metió entre las blancas, intentó confundirse entre ellas, pasar inadvertido. Caminó entre nubes, creyó que nadie lo veía mientras se deslizaba etéreo por el invisible pavimento. Sintió el roce en su cadera. Ella está aquí, murmuró.

No había nadie a su lado, sólo maniquíes en la vidriera.

Qué otra cosa podría acontecer a un Alfil negro, extraviado en un escaparate, buscando entregar su abrazo de Año Nuevo a una Dama blanca.

La goleada

Entraste con un tiro de esquina, fue con ley de ventaja, insisto, -habíamos caído sobre el pasto-, no hubo tarjeta roja, ni penal, sino una goleada galáctica al vientre, que sumada al azar, nueve meses después nos despertó todos los días y todas las noches, sin marcador.

La nada

T iró por la borda una gran amistad imaginaria, la de un hombre imaginario y una mujer de la vida irreal, él se aferró a un puente imaginario y ella se quedó en la orilla imaginaria, esperando un hermoso poema imaginario.

La creyente

Hace milenios, en Roma, a una bella mujer creyente, el hombre que amaba la lanzó a los leones, uno a uno sus miembros fueron devorados. La mujer, que creía en la existencia del alma, rogó clemencia a los dioses. Aquel soldado romano no sabía, que años después, se encontraría con ella, y fue en la milésima del instante transcurrido, cuando, ya demasiado tarde reconoció sus ojos verdes y rasgados, en esa leona que lentamente se acercaba a él, por orden del Imperio.

Ausencia

Ya no estás ni lo estarás, no hay poemas que dedicarte, tu silencio enmudeció mi universo y lentamente despierto de un sueño que nunca cobijó la realidad.

Una página en blanco

P uede ser un vacío, una esperanza, un "lo siento", una telaraña, una sonrisa, un perdón, un precipicio, un "te quiero", un clamor, un rechazo, un amanecer, un crimen, un espanto, una revuelta, un orgasmo, un temor, un claro de luna, un error, una perversión, una redención, una tortura, una impotencia, un atardecer, una cama, un florero, un ojo, una cerradura, un portazo, una maldición, una pena, un deseo, una sospecha, un millón de cosas o simplemente un aire primaveral que vuela como una hoja, abrazando tu mesa.

Los tejados de la luna

S e levantó.

No se duchó. Tampoco se vistió. Sin embargo, intentó maquillarse.

El espejo la deslumbró con el reflejo de dos pequeñas lunas, nítidas, brillantes, rasgadas, amarillas y diminutas sobre su rostro.

Abrió la oscura ventana y salió.

La solitaria, muda, e irreverente noche, la observó danzar, febrilmente desnuda, sobre los tejados de la iglesia del barrio.

Mariela Isabel Ríos Ruiz-Tagle

Alma en pena

Todo el tiempo salgo a caminar sin rumbo por el centro de Santiago. Me siento en mi lugar preferido de la Plaza de Armas, rodeado de perros, palomas y algunos jubilados de rostros pálidos. ¿Será posible que algunos de ellos sean los que me golpearan brutalmente, me maltrataran a patadas y culatazos, me torturaran sin piedad, me escupieran e insultaran, aquel día de septiembre hace 40 años? Mi alma en pena, como siempre, es invisible. Arriba, el cielo azulado, es el mismo para todos[4].

---

[4] (Seleccionado por repechaje en Concurso Santiago en 100 palabras, libro "Los mejores 100 cuentos VII", año 2013.)

La huida

S in saberlo, a la fuerza, en la brutalidad del tiempo, inexorable y gélido como tus labios irónicos, crucé el umbral de tu pasado. Sufrí mientras el coliseo reía y te alentaba, acariciando tu lomo con bellas palabras que simulaban ser mudas. Entonces planeé huir. Huir del devenir y las muecas que te rodeaban y que observé a través de los cristales del portal invisible.

De pronto, sin motivo ni sentido, un ave milenaria y ciega me entregó la llave. Me incitó a volar pero yo no tenía alas.

Cuando desperté, estaba frente a un río azul y cercano a él había un pequeño letrero, se podía leer todo el universo, decía: Libertad.

Mariela Isabel Ríos Ruiz-Tagle

Otoño en rejas

Otoño enrejado, esperando expandir tus ramas en las alas del viento y la lluvia incipiente que galopa, cortando hojas muertas sobre pavimentos indiferentes, prisionero del tiempo, del frío, del clamor de las aves en sus nidos, y los seres sin guantes bajo un solo techo del espanto, un cielo amurallado en la costumbre y el desvarío, entre palabras rotas y besos helados.

Zona de reparaciones

(A Lewis Carroll)

Dejé la puerta del alma entreabierta, no me di cuenta.

Bastaron los tenues segundos de un reloj nocturno, humedecido por la ventana cerrada, para que entrara veloz el conejo rojo.

Comenzó a devorar, una a una mis venas desveladas, con su magia inclemente. Al fin y al cabo, el alma hay que resguardarla con candado, decía la abuela, y después botar la llave al alcantarillado. Por motivos de seguridad, a la hora del crepúsculo.

Cuando la mañana lentamente comenzó a abrir sus alas, la espesa magia, asustada por la luz, escapó por los orificios de invisibles madrigueras. Entonces un árbol de diurnas estrellas comenzó las reparaciones, una a una, y mis venas renacieron de las sombras, reparadas del conjuro.

Sonámbula

Tiraré los años por el balcón, como son delgados, de la mano del viento, se convertirán en pestañas de algún astro cercano.

Hoy quiero dormir con mis ojos abiertos.

Rito lunar

Una sirena se enamoró de un témpano de hielo. Cuando lo besó comenzó a disolverse, pero la sirena estaba tan enamorada de su frío amante que, una noche, desesperada, realizó un rito secreto a la luna, tradición de sus ancestros marinos.

Desde entonces, los sorprendidos navegantes, durante las noches de luna llena, observan el lento paseo sobre las aguas del mar de un delgado témpano de hielo con forma de sirena y sienten que un gélido beso se posa en sus mejillas.

La mujer muda

La mujer muda camina por el parque, su solitaria sombra surge y se recorta sobre la tierra, en silencio.

Se apoya en el tronco de un árbol, lo abraza y llora.

Percibe que el árbol respira, le habla, baila suavemente entre sus manos, y una sonrisa leve, como el tiempo, ilumina su rostro consternado.

Siente que de su boca nacen versos multicolores, suspendidos en cada rama del árbol, y son pétalos, colgados como uvas bajo el sol.

Desde esa tarde, algunos visitantes, se deleitan escuchando un extraño árbol, largo y delgado que parece murmurar poemas, cuando el agitado viento mece sus indómitas ramas, como si desde el cielo recitaran los ángeles, con voz de mujer.

Blue break

Y la primavera lloró y no la viste llorar, estabas muy enfrascado en reparar un trozo de tiempo quebrado.

Te vi, impávido, desde mi tejado de vidrio, mientras Norah Jones destruía el silencio con sus rasguños melodiosos, desde su cielo azul.

Entonces, un ruido misterioso, desde el alma, un maullido del cosmos, cambió el color del escenario, cambió todo el pelaje y mi sombra descansó sobre los rieles de un tiempo ajeno.

Ángela

Su mirada habla, su boca ve, su mente canta, sus manos caminan, sus pies meditan, y ella aquel día pudo volar.

Divertimento

El silencio se podía cortar con un cuchillo, pensó, caer de rodillas en la soledad de la luna, respirar ácidos invisibles, levantar la frente al final de todos los universos, devorar la neblina pintada en los ventanales, pero solamente, sonrió.

El disfraz

Oculto, como rata de alcantarilla, aparentando gratitud, esperaste el más mínimo movimiento en falso -hasta creo que lo inventaste- y te disfrazaste de gato para atacar en la oscuridad a la gatita que curaba, noche a noche, tus heridas de víctima de los gendarmes del universo.

Blue Tango

Recorro los caminos, no mido las consecuencias, sólo me detiene la impávida fragilidad de la ausencia, la tímida salida de soles nocturnos, los inválidos silencios y las voces mudas que se alejan, mientras corro sin saber que no me esperan, canto sin saber que no me escuchan y despotrico sin saber que a nadie importa. Bailo un tango, solitaria, a la luz de la luna, abrazada a cada siglo envuelto entre minutos.

El sueño final

yer morí.

Pensé que era un sueño.

No quise despertar, hasta que tu respiración enfriara mis hombros, para siempre.

El café matutino

— **E**stoy haciendo agua—, gritó.

«Oh, perdón, estoy hirviendo el agua para preparar un café», pensó.

Y se sentó dónde siempre, esperando nada.

Levedad otoñal

El otoño se desliza por la piel, como una caricia en los cuatro puntos cardinales. Se aloja en las venas de los parques, calles y avenidas. Alegra al indigente que duerme en el asfalto y al rico que deposita sus millones.

Besa el cielo predestinando al invierno, en la tenue fugacidad de su poderío y sus tonos que son tambores crujientes, en cada paso, en cada minutero, de los relojes cafés, -que invisibles-, penden cual ángeles ocultos, de las enigmáticas nubes.

El sueño del cielo

Cuando llegó al techo de la luna, se recostó a mirar las estrellas, el cielo dormía bajo sus pies.

Todo levitaba.

Al fin, en la cósmica soledad, le respondió al silencio.

Desorden

Yo amé tu alma, pero tu cuerpo no dejó que la amara, y la enterró en su recipiente de carne por toda la eternidad.

Colusión rojiza

Cuando el lobo feroz intentó devorar a Caperucita, nunca supo que ésta estaba coludida con el cazador.

La Colomba

Hace cinco años Colomba se refugió en la puerta de nuestro edificio, era madrugada. Temblaba de miedo y de frío después del inclemente terremoto que nos despertó.

Estaba perdida.

Durmió con nosotros, mientras proseguían los temblores y nos miraba con sus ojitos asustados. La acaricié y solamente pensaba en quedarme con ella.

A la mañana siguiente, mientras recogía los objetos caídos pensé en sus dueños y salimos a la calle, preguntamos sin tener respuestas, con ella a nuestro lado. Luego de una larga caminata y ya desolados descansamos en uno de los jardines. A lo lejos divisamos una mujer que gritaba desesperada: —¡Colomba, Colomba, Colomba!—, no se percató de nuestra cercanía hasta que vio a su Colomba corriendo hacia sus brazos.

Lloraban de alegría. Entre lengüetazos y emociones desatadas nos alejamos, mientras su dueña nos daba las gracias una y otra vez, una y otra vez.

Fue una larga y dolorosa noche para todos y un breve momento de amor libertario para tres seres humanos y una perrita.

Mariela Isabel Ríos Ruiz-Tagle

Vigilia

Casi madruga, hace calor aún, el reloj se enfría lentamente, no alcanzo a divisar la noche, se escurre sigilosa entre las cejas de un bostezo lunar.

Nocturno

Detrás de las paredes, el interruptor apagó tus ojos.

Mariela Isabel Ríos Ruiz-Tagle

Doble cara

Uno me hizo invisible y el otro me mató.

Ausente

E l cielo se oscurece y alguien toca un saxo a lo lejos.

La melodía se va alejando en la medida que camino por la avenida, los largos árboles silenciosos me acompañan, las flores que comienzan a nacer, las parejas sentadas en los bancos, las nubes arriba, ese gatito inquieto en la esquina, todos me acompañan.

Todos menos tú.

Desencuentro

U n gesto virtual, una mirada de reojo en FB, un lugar donde mi nombre no habita, menos mi corazón, o mi ser, un protocolo del respeto, que aturde a las sombras vivas de todas las flores que rodean tu presencia, una voz muda, que camina oscureciendo la luna, y tu camino, bifurcado al mío, en un disco "No cruzar", divididos por misterios reflejados en el agua seca, que muere en todos los espejos.

Encuentro de ojos

N o fue la piel, ni las manos, ni siquiera el corazón. Fueron tus ojos y los míos, los que hicieron el amor.

Francotirador

No eras un asesino, lo sabías. Actuabas de manera inconsciente. Sin saber el porqué y para qué.

Por eso, no entendiste su reacción, la bofetada te alteró en exceso.

Es que tú desconocías que las palabras pueden acribillar más que una metralla.

Sala de urgencias

D etrás de las paredes, la vida. En su lecho, la muerte. En los ojos de la enfermera, la esperanza.

Cambio de casa

Vivía sola en la calle Pereza, del loteo Creación.

Una noche apareció un demonio, le dijo algo al oído en un dialecto ininteligible, pero ella entendió.

Al día siguiente, tomó todas sus pertenencias y se trasladó a una casa en la calle Lujuria, del loteo Fin de Mundo.

Nunca más durmió.

Lluvia negra

L a lluvia se desplazó por la ventana derecha del taxi y cayó sobre la ruta invisible de la noche.

El cuarto de Virginia

(A Virginia Woolf)

Un sitio, una explanada, una estrella, un glaciar, una metáfora, un fuego, una taza de café, un helado, una tetera, una canción, una hebra, una letra, un orgasmo, una mano, un cerebro, una marejada, un libro, un pie, un significante, un significado.

Nada reemplaza al cuarto propio, con un cuerpo propio, el cuarto que hace explotar el Verbo.

El hombre sin reino

Destruyó mi almohada y con ella, mis sueños. Separó las aguas de mi jardín, marchitó las flores. Despertó antiguos fantasmas, que me asustaron de día. Una tarde se marchó arrastrando al sol y me dejó a oscuras.

Me quedó la luna. Y el hombre bueno intentó apagarla, para que no quedara nada de mí en la tierra. Olvidó que arrastraba al sol a sus espaldas y que el sol respetaba la luna.

Desde esa noche me vigila, iluminado, como un Dios sin reino, esperando que se muera la luna.

El buen hombre eternizó la envidia.

Psyco

—Te quiero mi amor.

—Yo también te amo.

Levanta su cabeza y observa fijamente su rostro en el espejo.

Dependencia

D el amor, del juego, de la familia, del cigarro, de los hijos, del alcohol, del consumismo, del amante, del fútbol, del azar, del arte, del jardín, del sol, de la flojera, del sexo, de los ritos, del horóscopo chino, del *rock*, del trabajo, de tus ojos, del vestuario, del celular, de las tarjetas, de tu voz, de los parques, de las palabras, de los gatos, de Dios, de la poesía, del viento, de los árboles, pero por encima de todo y todos los días, dependo de las *fugazzas* que venden a la salida del Metro Irarrázaval.

Mariposas

Todos los días, Anita intentaba vanamente atrapar las mariposas que volaban en el jardín de su casa. Hasta que, una noche, mientras observaban las estrellas, su madre le dijo:

—Las estrellas son como las mariposas, libres, y no permiten que nadie las alcance.

Desde esa noche, Anita permitió por fin, que las inquietas mariposas de su jardín vivieran libres y en paz.

Reflejo sincrónico

L as dos caras de una misma moneda. Por un lado, la nada, por el otro, tu energía, dos ilusiones reflejadas al unísono en el espejo.

Atemporal

Soñé que te amaba, soñé que te amé, o tal vez que podría amarte, tal vez, en el contexto nublado del sueño, los tiempos se abrazan sin medida.

Cuando desperté, aún sostenía entre mis manos la hoja del periódico anunciando tu boda.

Antipaís

Un país imaginario, donde vive gente imaginaria, en un tiempo imaginario, con una historia imaginaria, que celebra fiestas imaginarias, en un mapa imaginario, sobre una tierra imaginaria, vigilada por un cielo imaginario y astros indiferentes que no imaginan nada.

El aguacero

Se avecina la lluvia en un galope entrecortado junto al viento.

Virna aguarda tras los cristales con sus pequeños ojos asombrados.

La casa se estremece aguardando el aguacero. Las aves vuelan bajo y se retiran. Los perros ladran despacito y los gatos se esconden en sus guaridas misteriosas. Se barrerá el pueblo del polvo, se iluminará el cielo de estrellas diurnas y el río querrá conocer las calles de ese pueblo, que siempre observó de lejos.

Virna cierra los ojos.

A Rodrigo Rojas de Negri

Hombre en llamas, nos abres la conciencia atemporal, para que vuele la verdad sin mitos, ni fronteras. Y como Ícaro, elevarás la justicia desde sus cuarteles, enclaustrada.

Mariela Isabel Ríos Ruiz-Tagle

Déjà vu

E staba parado ahí, en el dintel de la puerta. Su largo abrigo negro presagiaba un frío antiguo. Lo miré esperando que sus labios me hablaran, pero estaban sellados con fuego hermético.

Y así desapareció del vagón, silencioso, dejándome el recuerdo de sus ojos profundos y lejanos.

La mujer termina de leer el libro y una extraña sensación la invade.

Mientras tanto, el tren se desliza suavemente por los rieles casi congelados.

Huis clos

No supo cuando entró por aquella puerta cerrada. Lo esperaban días de noche y una botella de licor en el medio de la calle.

El saxofonista

Tocaba el saxofón mejor que nadie. Los transeúntes se detenían a escuchar sus melodías sensuales, melancólicas en la vereda del centro, su lugar, su casa, hace quince años. Le gustaba interpretar a Gershwin, su rapsodia azul, creía escuchar los aplausos como un eco lejano, más bien observaba las manos palmoteando. Podía leer música, de memoria, aunque nunca escuchó una sola nota, su alma vibraba cada día, en tonos azules, derrotando el silencio.

Héloïse

Soy libre, rompí cadenas en el camino, me metí al bolsillo el miedo y sin embargo no deseo entrar al reinado del egoísmo. Tú mirada es importante para mí, tus manos me elevan, lejos del infierno, y aunque no has llegado, ni siquiera te conozco, nunca te he visto, sé que logrará tu alma conversar con la mía.

La ráfaga

El vaso se derrama sobre la mesa del tiempo.

Quiebra dos corazones y la carcasa de un celular que esperaba, eternamente, la llamada.

Afuera, el viento, abrió una ventana.

Desnudo

Me quito la piel, los recuerdos, la mente, los deseos, los anillos, la cabellera, los miedos, las lágrimas, los besos, las alegrías, los abrazos, la locura, el llanto, la piedad, la risa, los despojos, la ignorancia, la ropa interior.

Y queda mi alma desnuda ante la voluntad del universo.

Penélope

Una espesa niebla la rodea.

Su cuerpo pequeño tembló ante la partida. No verlo nunca más, sobre todo no escuchar jamás su voz.

Se sentó en el taburete a esperar y un respiro eterno, en sus hombros cansados, acompañó por siempre su sombra.

Toque de queda

La noche se despierta con el único sonido del motor en marcha de una camioneta, sin patente.

El cuerpo de un hombre se hunde lentamente en las rápidas aguas del río.

La luna observa, impotente, el reflejo de una blanca camisa, que flota a la deriva por el cauce oscuro del río Mapocho.

La partida

Y así se fue septiembre, en el vuelo leve de un ave fantasma, que ancló tu ausencia, y la instaló en mi sillón de reina sin reino, sin retorno, a mi lado y sin permiso.

Caída libre

En este palacio, los muertos respiran, las viajeras perfumadas transpiran dolores, los empinados peces no tienen aire, las nubes caen como gotas, las cabezas vuelan cual tornados, las piernas no tienen paraderos, las rosas putrefactas bailan y las rejas nos rodean, despidiendo a un cielo, inaccesible, que cae, sobre nosotros, al borde del acantilado.

Revelación

Al fin y al cabo, todas eran una, y una eran todas para él. Y de una vez, por medio del embrujo maligno de la noche, descubrió, al fin, que ella no era parte de ninguna.

Invernal

A veces creo que te olvido, mas, ese rayo de sol, me recuerda tu mirada. Y odio la ventana que despierta a la memoria. La cierro, entonces me desvelo.

El amanecer brilla con miles de rayos soleados que son tus ojos y aunque quiera, no puedo borrar al sol del firmamento. Si él no existiera, serían los rayos de la luna, uno tras otro, apabullando mi sombra en estas ruinosas noches de invierno.

Conexión fallida

P ensó que, bloqueando su perfil del chat, no podría saber que ella estaba conectada, pero no fue así.

No supo cómo, -no era muy experta en esas tecnologías-, él se enteró que ella estaba chateando con Mario, que tenía el corazón destrozado y mucha rabia, porque Mario estaba a su vez chateando con Elena, la chica rusa, a Mario le encantaban las rusas.

Y tampoco vio que detrás de ella, en el *cibercafé*, ese hombre la observaba.

Tangos en la lluvia

T angos en la lluvia y la sombra de mi madre en la ventana.

Su abrazo se perdió y se disuelve en mi memoria.

Se resiste a morir en la tristeza, la existencia de un pasado amado.

El presente se marcha de su mano y un adiós se pierde en la distancia.

La llovizna

Y si no es pesadilla, abrir los cajones, desenchufar el cielo, encender la estufa, apagar la noche, deshojar la luna, dilucidar teoremas, encumbrar el sol, tejer el universo, devorar el miedo, acostar los árboles, bordar la tarde, y si no es pesadilla, qué es, si cuando llueve, la telaraña del viento tan sólo me huele a ti.

Espejismo

iré hacia el cielo, pero en vez del cielo, estaba tu rostro reflejado en mis pupilas.

Entonces desperté.

El ojo de Horus

E nterré a muchos en el Día de los Muertos, algunos vivían aún, sus máscaras relucían como el oro, aunque no todo brillaba en su interior. Dicen que los demonios se visten de belleza, y lo considerado feo no se disfraza.

Enterré a muchos en el Día de los Muertos, a algunos les llevé flores, a otros, comida y a otros nada.

Ninguno se resistió al entierro, aún muertos, sus muecas amargas no resistieron mi mirada.

El límite

Cerró con candado los cuatro puntos cardinales, sólo lo abría, cuidadosamente para que entrara su sombra.

Una noche, por una diminuta rendija del candado, divisó subrepticiamente, un reflejo de luna.

En ese momento, el espejo se vio a sí mismo y descubrió que podía llorar.

La mujer sin sombra

Una mujer sin sombra camina en una ciudad con muros. Los mudos habitantes la persiguen mientras intenta salvar una solitaria polilla atrapada en la rejilla de una alcantarilla.

Agazapada, se esconde bajo un árbol, cómo no tiene sombra, no la descubrirán.

Eso piensa.

Mientras tanto la polilla es pisoteada sin piedad. Sus alas temblorosas la conmueven, hasta que el llanto se desplaza desconsolado por su rostro pálido, cae al suelo y acarrea la inocente polilla al subsuelo.

La mujer sin sombra se sienta bajo el árbol, decide no hacer absolutamente nada, nunca más.

Desde entonces, solamente medita. Los habitantes mudos la ignoran y prosiguen destruyendo los pocos seres vivos que sobrevivieron al holocausto final.

Tarde viral

Escalofríos en la punta de los dedos, en el alma, transitan por el pavimento, se escurren en mi mente, nadie lo sabe, no se ven, corren por las alcantarillas, vuelan por los techos, no alcanzan el cielo, desparraman ideales, un vagabundo los coge, se los guarda en el bolsillo y se duerme.

La duda

Mi amigo imaginario y yo reconstruiremos el universo, el problema es que vivimos en el no tiempo, así que no sabemos cuándo.

Fin de madrugada

Era madrugada.

Se incorporó en la cama y miró como siempre hacia su ventana abierta.

La ausencia del paisaje cotidiano no le asombró tanto, sí lo hicieron las dos nítidas lunas reflejadas en el cielo.

Biografía de la autora

Mariela Isabel Ríos Ruiz-Tagle, Licenciada en Antropología (U. de Chile), Diplomada en Filosofía (U. Alberto Hurtado), post-grado en Ciencias Sociales (Ilades). Escribe poesía, haikus, cuento y narrativa. En 1979 obtuvo el Premio Borges de la Fundación Givré, en Buenos Aires, mención Cuento Corto por *"La prohibición"*. Durante el viaje a

Buenos Aires tuvo el honor de conocer personalmente al gran escritor don Ernesto Sabato con el cual ya mantenía cordial correspondencia. En 1984 obtiene el segundo premio latinoamericano de Revista Mairena, Puerto Rico, por el extenso poema *"Madre espina de campos absolutos"*. Ha ganado distinciones y aparece en una *"Antología de poesía Hispanoamericana"* de Publicaciones Altair, Bahía Blanca, Argentina. Sus obras editadas son: *"Madre Espina de Campos Absolutos"* (Poesía, 1984); *"Blue Moon"* (Novela, primera edición, 1992); *"Nada es personal en la extrema tarde de rubíes"* (Poesía, 1998); *"Un siglo, un día"* (Poesía, 2010); *"La vida en breve"* (Microcuentos, 2011); *"Poemas en Blue Mayor"* (Poesía, 2013), *"Los azules prados del tiempo"* (Poesía, 2014) y la segunda edición de la novela *"Blue Moon"*, año 2014; *"Hija Única"* (Microcuentos, 2016); *"Madre espina de campos absolutos"* (Poesía, segunda edición, 2021) y *"Los azules prados del tiempo (Antología poética)"* (Poesía, 2021).

Ha participado en diversas antologías, entre ellas: *"Microcuentos, a 40 años del Golpe"* (Cuentos breves, 2013), *"Chile, país de poetas"* (Poesía, 2013) y en el libro correspondiente al año 2013 del Concurso de microcuentos, *"Santiago en 100 palabras"* con su microcuento *"Alma en pena"*. Así mismo, el microcuento *"Fidelidad"* fue seleccionado por la Editorial Santillana, en el libro de Lenguaje (2009), correspondiente a la asignatura de Lenguaje del curso Octavo Básico.

Participó en la Antología de microficcionistas chilenas *"El ojo de Lilith"* (Ediciones Sherezade, 2018); Antología *"La Otra Costilla"* (Ediciones La Otra Costilla, 2018, 2019 y 2020) y Antologías de microficciones en Revista *"Brevilla"*, dirigida por la escritora Lilian Elphick.

Es seleccionada por la Revista *"Tiempo de Poesía"* 2021 por su poema dedicado a la poeta chilena Bárbara Délano, antología de poesía hispanoamericana, publicada en Madrid, España.

Sus escritos han sido publicados también en Colombia y Buenos Aires.

La prestigiosa Revista *"Litoral"* publica dos microcuentos, en los años 2016 (Número 262) y 2021 (Número 271) respectivamente, en Málaga, España.

Ha participado en diversos talleres literarios, lecturas poéticas, presenciales y vía Zoom, publicaciones escritas, revistas y páginas web. Pertenece a SECH Mujer, Sociedad de Escritores de Chile.

Es miembro del Equipo Editorial de la Revista *"Entre Paréntesis"* dirigida por la escritora Nedazka Pika.

Tabla de materias

Colofón

Este libro se imprimió mecánicamente, no sabemos dónde ni cuándo, por algún robot dedicado a la impresión bajo demanda. Por lo tanto, nos es imposible indicar cuántos ejemplares han sido producidos a la fecha ni cuántos lo serán en el futuro. Esperamos que se haya usado papel Bond blanco y una tapa de cartulina polilaminada a color, con una encuadernación rústica mediante *hotmelt*. Por lo menos estamos seguros de haber usado la tipografía *Book Antigua*, en varios tamaños y variantes, para la mayoría de su interior.

ς

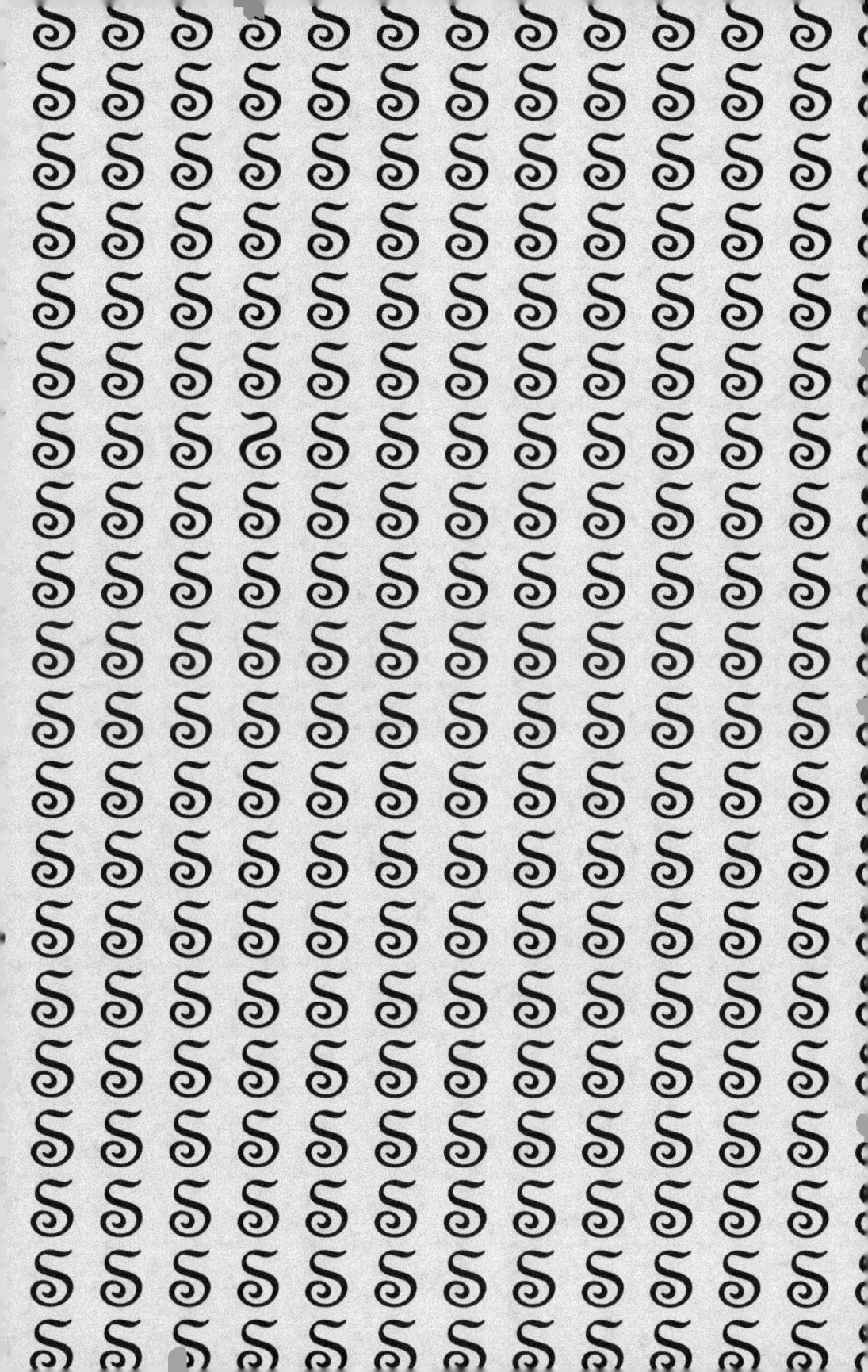

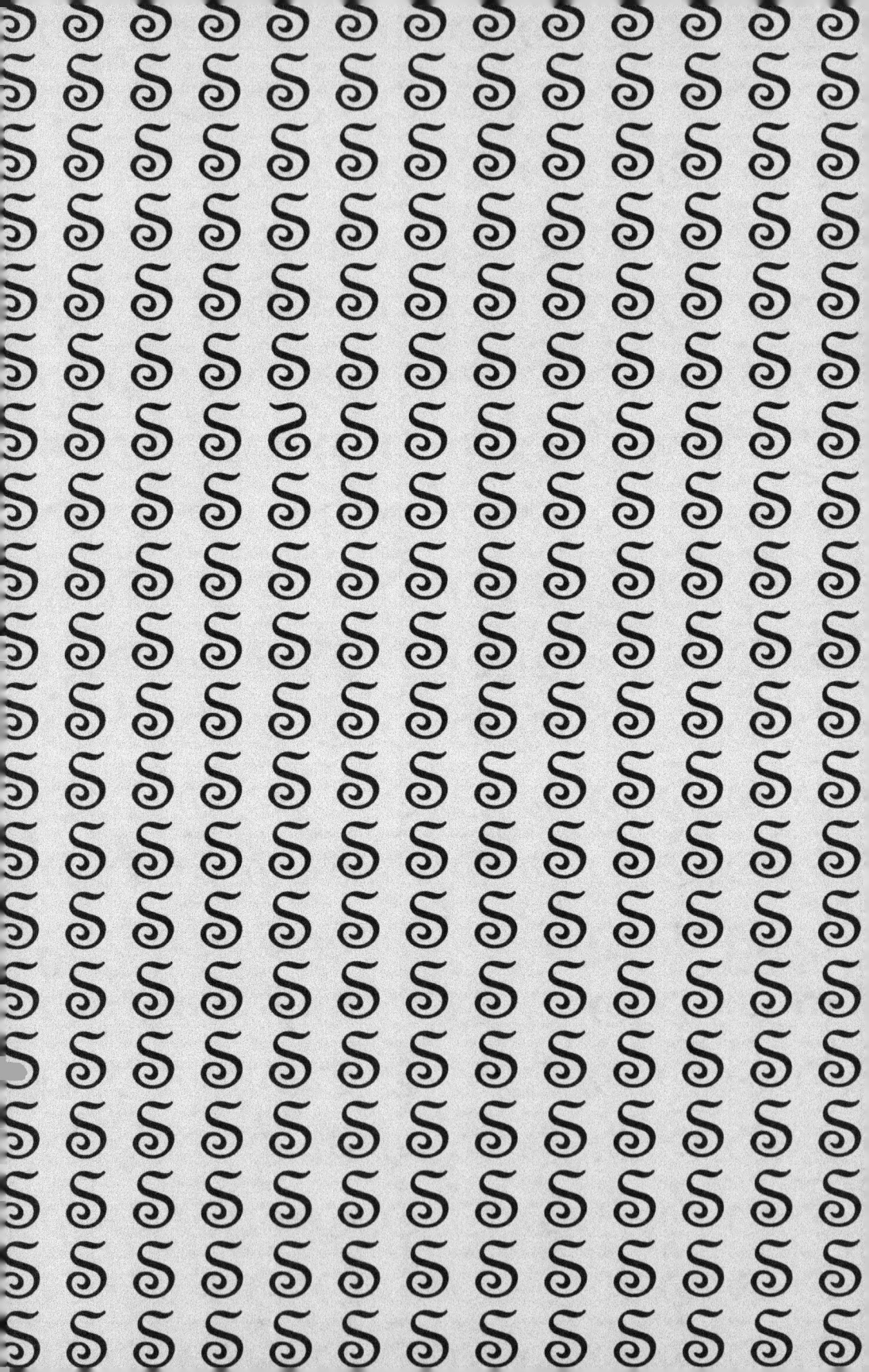

www.ingramcontent.com/pod-product-compliance
Lightning Source LLC
Chambersburg PA
CBHW060421260626
47161CB00005B/1724